JOURNAL

D'UN

VOYAGE EN ORIENT

Par M. CH. DE GATINES.

PARIS

BENJAMIN DUPRAT

LIBRAIRE DE L'INSTITUT, DE LA BIBLIOTHÈQUE IMPÉRIALE ET DU SÉNAT,
DES SOCIÉTÉS ASIATIQUES DE PARIS, DE LONDRES, DE MADRAS,
DE CALCUTTA, DE SHANG-HAI ET DE LA SOCIÉTÉ ORIENTALE AMÉRICAINE DE NEW-HAVEN (ÉTATS-UNIS)
Rue du Cloître Saint-Benoît (rue Fontanes), 7
Près le Musée de Cluny.

1862

[illegible]

TEATRO [illegible]

[illegible]

Ⓒ

1851

[illegible]

JOURNAL

D'UN

VOYAGE EN ORIENT

DE MOSSOUL A BAGHDAD

Baghdad, 24 mars 1845.

.... C'est de la Babylonie, des bords du Tigre, de Baghdad enfin, de la ville des califes, de la capitale d'Haroun-al-Raschid, que je vous écris, c'est de la ville des Mille et une nuits, bien déchue de son ancienne splendeur.

Mais avant de vous parler de Baghdad, je veux vous raconter notre voyage sur le Tigre, voyage qui n'est ni sans intérêt ni sans danger. De Mossoul à Baghdad, on compte par terre dix jours de caravane, et l'on ne peut pas penser à faire ce trajet autrement qu'avec une caravane, car c'est toujours le désert, et un désert peuplé d'Arabes nomades et pillards; toutefois comme nous avons traversé le *Kurdistan*, qui est un pays bien autrement dangereux et tellement redouté que tout le monde est étonné que nous l'ayons pu traverser sans être au moins dépouillés, ce que l'on regarde comme un miracle et qui est dû à des circonstances heureuses, le voyage du désert ne nous effrayait pas. Cependant comme par le fleuve on fait le trajet en quatre et même deux jours, dit-on, dans la saison des grandes eaux, nous préférâmes cette voie. Et la manière dont on descend le fleuve, un peu primitive pour un Européen, ne sera pas la partie la moins curieuse de notre voyage, et nous laissera de longs souvenirs. Pour naviguer sur le Tigre jusqu'à Baghdad, il n'y a pas le moindre bateau à vapeur, pas la moindre barque pontée, pas même un simple bateau. Le seul moyen de transport est ce que l'on appelle un kellek, ce qu'il y a de plus simple et de plus antique, la première idée venue à l'homme en état de nature. Figurez-vous un radeau de branchages sur lequel on attache de petits troncs d'arbre dépouillés de leur écorce, de distance en distance, de manière à former une espèce de damier ; un grand nombre d'outres, soufflées et liées sous les branchages, soutient le radeau ; sur le damier on place les ballots de marchandises et les voyageurs s'installent comme ils peuvent sur les ballots, car l'on s'occupe peu de leur commodité ; ainsi, au lieu de ranger les ballots sur les côtés et de laisser au milieu un intervalle sur lequel on mettrait un plancher, ce qui permettrait au voyageur de s'établir là commodément, on les range au contraire sur cinq rangs entre lesquels on laisse un intervalle fort étroit et sans plancher, de sorte que pour circuler et pour quitter ou revenir à son ballot, il faut enjamber d'arbre en arbre, au risque de glisser sur ces solives rondes, et de tomber jusqu'aux genoux dans l'eau qui remplit le damier, par suite de la pesée du radeau. C'est ce qui m'est arrivé plusieurs fois en rentrant la nuit me coucher sur le kellek, et je ne pouvais ni me changer ni me sécher, et il ne faisait pas chaud en décembre, même dans ce pays de la chaleur. L'on ne peut avoir ni lumière ni feu sur le kellek ; en outre, l'on n'est à l'abri ni du froid, ni de la pluie ; enfin l'on est mollement étendu et couché sur des ballots de noix de galle ou autres marchandises aussi peu douces pour les côtes des voyageurs. Arrivé à Baghdad, le patron du radeau dessouffle ses outres, vend fort cher le bois du radeau, et mettant sur un âne ses outres vidées, il retourne à Mossoul préparer un autre chargement. Voilà comment on descend le Tigre. Nous fîmes marché avec un maître de kellek (50 francs pour trois personnes et les bagages), pour cent vingt lieues environ.

Enfin, le 31, une heure après le lever du soleil, nous nous installâmes, mon compagnon de voyage M. Lottin de Laval et moi, avec un domestique égyptien que nous avions pris à Constantinople, sur le kellek, et nous quittâmes les rivages de Mossoul. Comme il n'y avait pas d'eau, l'on nous dit que nous mettrions cinq à six jours. Nous voici donc en route ; le soleil brille, il fait chaud ; il ne nous semblait pas que nous allions vite, mais en regardant fuir la rive, nous nous apercevions de la rapidité de notre marche ; deux keledgis la guidaient avec deux longues rames fixes qui ne servent pas à avancer plus vite, mais seulement à diriger.

Il y avait une dizaine d'indigènes mossouliens, turcs, arabes : un marchand de Mossoul, un caporal de Nizam (milice régulière), un Arménien de Mossoul, un Arabe de Baghdad, un vieux Juif de Zakau, se disant Kurde, et un Arabe borgne qui vint nous rejoindre à la nage.

Au milieu du jour, arrivés à une des barres du fleuve, formée de rochers presque à fleur d'eau, on nous mit à terre et néanmoins le radeau talonnait sur les outres ; mais enfin il passa sans accident. Deux heures avant la nuit, les keledgis arrêtèrent, sans que l'on pût les faire aller plus loin, et nous amarrèrent au rivage. Ils vinrent ensuite nous demander de quoi dîner, car il paraît que c'est l'usage que les voyageurs les nourrissent ; mais on ne nous en avait pas avertis, et nous n'avions pas fait de provisions en conséquence. Nous avions chacun un poulet et des dattes : nos provisions étaient légères.

Aussitôt que le soleil fut couché, il fit un froid glacial et une abondante rosée. Le vent nous venait tout glacé des montagnes ; on fit un feu sur la grève avec quelques branchages, et tous s'étendirent alentour dans leurs manteaux, mais nous préférâmes coucher sur le radeau à cause de nos bagages. Je me mis sous mon matelas que je recouvris encore d'un tapis ; je n'eus point froid ainsi, mais j'avais les reins brisés par les ballots de noix de galle, et je n'osais remuer de peur de tomber dans l'une ou l'autre ruelle, et c'était de l'eau comme les rues de Venise, ni changer de place de peur de déranger son matelas ; voilà comme nous passâmes la nuit du 31 décembre au 1er janvier ! En nous réveillant, nous trouvâmes nos matelas et nos ballots couverts d'une couche de glace ou de forte gelée blanche. Malgré le clair de lune, on n'était pas parti avant le lever du soleil ; comme la veille, nous traversâmes une plaine immense, sans arbres, le désert d'Assyrie enfin. Les villages sont rares, nous n'apercevons plus les minarets de Mossoul, mais nous voyons encore les cimes neigeuses des montagnes de la Médie ; le fleuve avait beaucoup d'îles ; nous rencontrâmes souvent des barres de rochers ; il y avait à peine l'eau nécessaire pour les passer, parce qu'il y en a peu en cette saison. Au bout de la plaine, au pied d'une chaîne de montagnes qui la traverse horizontalement, nous aperçûmes la plaine célèbre où s'est donnée la bataille d'Arbelle. Quel souvenir !

Là disparut l'empire des Perses pour faire place à l'empire macédonien, détruit lui-même par l'empire romain ; et depuis, tant d'empires se détruisant tour à tour et ne laissant plus pour vestiges que des amoncellements de ruines, la solitude des hommes, le désert !

La journée avait été chaude, la nuit fut froide comme la veille, et nous la passâmes, comme la veille, amarrés au rivage.

2 Janvier. — Toujours le désert, pas un seul village, pas un être vivant ; mais si l'homme ne paraît pas, il existe ; et il vaudrait mieux qu'il n'y en eût pas. En effet, en passant le long de hautes collines, nos keledgis deviennent soucieux, se taisent et font signe de se taire. C'est que derrière ces collines habite une tribu renommée pour ses brigandages, et le moindre écho dans la solitude pourrait dénoncer notre passage ; les rames même font silence : tout à l'heure, les gens du kellek chantaient des airs arabes. La nuit vient et il va falloir s'arrêter dans ces parages dangereux où plus d'un keledgi a été assassiné, plus d'un kellek pillé ; ce lieu s'appelle les puits de Naphte ; un de nos keledgis y a eu un de ses frères massacré par les Arabes. On s'arrête, on fait du feu à quelque distance dans les broussailles pour qu'il soit moins aperçu, quoique le danger conseille de ne point faire de feu, parce qu'il peut être vu, qu'il éloigne du radeau et qu'il empêche de bien voir

autour de soi ; mais le froid l'emporte sur la prudence ; on nous recommande de veiller sur le kellek pendant qu'on veillerait autour du feu. Nous veillâmes jusqu'au jour, mais les autres s'étaient endormis quoiqu'ils eussent grand peur. Nous étions tous armés ; mais ce qu'il fallait, c'était de la vigilance pour éviter une surprise et c'est ce qu'ils ne firent point. Heureusement il n'arriva rien.

3 JANVIER. — Nous nous réveillons encore couverts de gelée blanche ; nous traversons deux grandes lignes de rochers où les eaux se sont frayé un passage, et nous entrons dans une plaine sans fin. Sur la gauche, la rive assyrienne, le petit Zab se jette dans le fleuve. Tout le long du fleuve s'étendent des forêts d'arbustes maigres ; dans les clairières on peut apercevoir de nombreuses tentes ; le pays est habité ; nous voyons errer des buffles, des chameaux ; des hommes coupent du bois ; souvent un de ces Arabes vient à notre radeau faire une reconnaissance de voleur, sous prétexte de demander du pain et du tabac. Rien ne nous surprit plus la première fois que de les voir relever leur courte chemise, leur seul vêtement, se mettre la poitrine sur une outre, et s'avancer très-vite au courant de l'eau, tenant l'outre d'une main, agitant l'autre bras et les deux jambes, en frappant l'eau comme avec un battoir.

Le soir notre provision de pain était épuisée, car on nous avait dit que nous trouverions une ville le deuxième ou le troisième jour, et nous ne pensions pas avoir à nourrir les keledgis. On nous assura que nous arriverions à la ville le lendemain ; un vieux marchand, qui connaissait mieux le pays, avait fait des provisions pour quinze jours ; il nous donna quelques pains. Je finis mon poulet, il m'avait fait cinq dîners, un poulet maigre encore ! Notre déjeuner se composait de miel et de dattes ; quant à notre boisson, c'était de l'eau du fleuve, mais elle nous parut délicieuse. Vous voyez que nous étions à la ration. Il fallut encore veiller cette nuit-là !

4 JANVIER. — Même pays que la veille ; nous rencontrons des kelleks chargés de bois ; nous sommes toujours dans l'attente de la ville ; le fleuve a moins de pente ; enfin, à la nuit,

nous arrivâmes à Tekrit, ville sur la rive mésopotamienne, et nous fîmes faire un bon pilau ; il nous fallut rester là tout le lendemain, 5 janvier, sous prétexte de souffler les outres. Tekrit est une petite ville arabe, fort ancienne, autrefois très-grande et très-fortifiée ; nous y vîmes le premier palmier ; là nous refîmes nos provisions, elles étaient plus qu'épuisées. A quelques heures sont les ruines d'une ville romaine, Adra, visitées et décrites par un Anglais, le docteur Ross.

6 Janvier. — Nous repartons avec deux kelleks de Tekrit ; toujours le désert, une plaine aride, un sable inculte ou une bonne terre sans culture. A peu de distance de la ville de Dor, nous voyons sur la gauche des ruines immenses, des murs encore debout ; c'est Esky-Baghdad, la vieille Baghdad, avant que les califes l'eussent transférée où elle est. Nous apercevions au loin un monument qu'on appelle la pyramide de Nemrod : de toutes parts, des ruines ou des monticules qui cachent des débris assyriens et babyloniens. Rien n'était plus beau que ces ruines dans ce désert ; quel spectacle et quelles réflexions ! Tout ce pays, si désert, si inculte, était l'ancienne Babylonie, si habitée, si cultivée : quel changement ! quelle décadence ! ou plutôt quel néant ! Nous nous arrêtâmes au pied de rochers élevés, à une demi-heure de la ville de Samara, lieu de pèlerinage pour les Persans : un fils d'Ali y est enterré.

Nous trouvâmes, pour la première fois en Turquie, des murailles en bon état et réparées ; les arcades, à l'intérieur, en sont magnifiques ; il y a une mosquée grandiose, avec une superbe coupole en faïence vernissée ; les Persans y apportent beaucoup d'argent.

La ville est assez grande, et les rues et les maisons bien bâties et bien propres.

A peine revenus à bord, il tomba une pluie battante. Sans abri, nous nous couchâmes plus que jamais sous nos matelas et nos tapis ; il ne pouvait rien nous arriver de plus fâcheux ; il plut toute la nuit. Les autres voyageurs s'étaient abrités sous des rochers, mais ils n'avaient pas de bois pour faire du feu.

7 Janvier. — Quand je me réveillai, je sentis que l'eau

commençait à gagner mon manteau ; mon matelas et deux tapis étaient entièrement traversés. Vers midi la pluie cesse, le vent s'élève ; nous nous emportons contre nos keledgis qui ne veulent pas partir. Ils répondent que le kellek ne peut marcher à cause du vent qui le pousserait à la rive, où il pourrait se briser ; qu'il faut attendre que le vent cesse.

Leurs raisons étaient peut-être bonnes, mais vous devez juger combien elles impatientaient des Européens habitués aux chemins de fer, aux bateaux à vapeur, aux diligences même ; à des voyages réguliers enfin ou rien n'arrête. Pour les gens du pays, ils trouvaient cela tout naturel.

8 Janvier. — Au soleil levant, nos keledgis, pour faire preuve de bonne volonté, se mettent en marche. Toujours le désert, mais toujours des ruines qui prouvent que ce pays a été très-peuplé et très-civilisé. Nous aperçûmes les ruines de l'opulente Opis ; plus loin nous retrouvons quelques rives boisées, des bestiaux, des campements d'Arabes.

Avant la nuit nous nous arrêtons sur une grève boisée, sur la rive mésopotamienne ; on coupe du bois, on fait un feu ; des femmes arabes, dont une d'une figure belle et fière, apportent du lait. Nous étions près du campement d'un cheik très-puissant et de mœurs assez paisibles. Nous envoyâmes lui demander du pain qui était sur le point de nous manquer, par suite de tous ces retards : on ne put en trouver de cuit, mais on nous fit dire de veiller parce qu'il y avait des Arabes voleurs dans les environs ; nous veillons donc sur le kellek : la nuit est très-noire, et tous les gens du bateau, qui ont été faire un feu loin du rivage, ne peuvent faire bonne garde ; nous entendons du bruit dans l'eau autour du radeau ; nous nous levons, nous faisons le tour du kellek, rien ! A peine sommes-nous revenus à nos places, qu'un Arabe, qui était resté longtemps sous l'eau, sort du fleuve et se sauve dans les broussailles, avant qu'on ait pu le poursuivre. Nous déchargeâmes nos armes, comme nous faisions tous les soirs, pour avertir que nous étions nombreux et bien armés. Après cette tentative, nous veillâmes jusqu'au jour.

9 et 10 Janvier. — Les rives élevées sont en terre végétale excellente que le fleuve ronge ; bientôt les oiseaux aquatiques deviennent nombreux et annoncent le voisinage de lieux cultivés. En effet, nous apercevons le premier bois de palmiers, et derrière, un grand village ; mais nous n'y atteignons qu'à la nuit. Nous envoyons au village chercher du pain, on n'en trouve point de cuit ; on rapporte des dattes. Notre vieux marchand nous donna quelques pains. Les keledgis voyant qu'il y avait maigre chère, et que la provision du bonhomme allait aussi finir, jugent qu'il est temps d'arriver. En conséquence, animés par la crainte de la famine, ils repartent et rament toute la nuit ; nous venions de passer le dernier mauvais passage par suite du peu d'eau, et nous en étions heureusement sortis, non sans peine.

Au soleil levant, tout le long des rives ce n'est plus qu'une longue file de cultures, de campements, de villages, avec des bois de palmiers de distance en distance ; le travail est partout, les espèces de norias qui servent à faire monter l'eau du fleuve, pour arroser, sont en mouvement ; des femmes viennent puiser de l'eau ou laver ; les bêtes de somme transportent d'un endroit à l'autre ; des Arabes traversent le fleuve dans des nacelles toutes rondes, fort singulières, mais qui doivent chavirer difficilement. Le fleuve est large et majestueux, mais son cours s'est beaucoup ralenti. Nous admirons le bel et élégant ombrage des palmiers, tout nouveau pour nous ; de tous côtés rien qu'une plaine unie. Le temps est redevenu très-beau.

Avant l'heure où le soleil se couche, nous ne voyons plus devant nous qu'une forêt de palmiers, où il semble que nous ne pourrons pénétrer. Le fleuve nous fait traverser la forêt, les deux rives sont couvertes par ces arbres si majestueux ; ce sont des dattiers ; le fleuve s'élargit encore ; il forme un tournant admirable. Bientôt nous voyons des jardins protégés par l'ombrage des palmiers ; on nous dit que ce sont les jardins qui entourent Baghdad ; nous espérions y arriver à temps pour l'admirer aux derniers feux du jour, mais il n'y a presque plus de courant, nous avançons lentement ; le soleil disparaît tout radieux, entouré de mille teintes dorées ; le fleuve se colore des nuances si riches du ciel ; de tous côtés, sur ses bords, dans les bosquets, des feux apparaissent entourés de groupes aux vêtements blancs, leur fumée grimpe le long de ces arbres gigantesques. N'est-ce pas là une arrivée digne des Mille et une nuits ? Nous étions bien impatients d'arriver ; nous n'apercevions que des arbres, mais point de ville, car le fleuve décrit beaucoup de sinuosités ; enfin nous longeons tout à coup une muraille que nous n'avions point aperçue, et nous nous arrêtons ; il était neuf heures, on ne voyait plus de feu sur les rives. A cause de l'heure avancée, nous hésitions à nous rendre au consulat, mais la porte de la ville étant fermée, il fallut prendre patience et coucher une dernière fois à bord. Le pire était que personne n'avait plus de pain sur le radeau ; des soldats turcs, de service aux portes, en offrirent un peu dont il fallut se contenter ; d'ailleurs, n'étions-nous pas arrivés, n'avions-nous pas devant les yeux la ville des califes ? ne pouvait-on pas avec cela se coucher sans souper ! Les malheureux keledgis ramaient depuis trente-six heures, sans s'être arrêtés et sans avoir mangé. Nous arrivions ainsi après onze jours, dont il faut retrancher deux jours de repos à Tekrit et à Samara : cela fait toujours neuf jours de navigation, et nous devions arriver en six jours au plus ! Mais enfin nous étions heureusement arrivés sans avoir été pillés ni attaqués par les Arabes de ces rives dangereuses ! Il gela assez fort la nuit, et le lendemain matin nous nous fîmes conduire au consulat de France. Nous trouvâmes le consul général, **M.** le baron Loëve-Veymars, dans une délicieuse habitation qu'il avait achetée sur les bords du fleuve.

DE TÉHÉRAN A BAGHDAD

Baghdad, 24 décembre 1845.

Vous serez sans doute fort étonné de recevoir une lettre de
Baghdad, au lieu de celle de Mossoul que vous attendez. Je
suis revenu à Baghdad, et vous verrez ce qui m'a fait dévier
de ma route.

Le 26 octobre, après avoir dîné chez le ministre de Russie,
le comte de Médem, et joué au whist jusqu'à deux heures du
matin, j'ai laissé le comte de Sartiges et Lottin de Laval regagner la résidence royale de Kasr-al-Kadjiars, et je me suis
rendu au caravansérail, où m'attendait la caravane, et j'ai
quitté Téhéran, me dirigeant sur Hamadan. Désormais j'allais voyager tout seul, ayant laissé mon compagnon de voyage
fort occupé de ses affaires à Téhéran et s'attendant à y passer l'hiver ; et, seul pour la première fois dans ces contrées
sauvages, j'avais la perspective d'un long et pénible voyage
pour regagner la Syrie : mais j'avais déjà l'habitude du pays,
et j'étais soutenu par la pensée que chaque pas en avant me
rapprochait de ma patrie.

Nous marchâmes jusqu'au grand village de Rabad-Kérim,
à huit heures de la capitale ; des jardins étendus et un caravansérail en font une petite ville : nous y passâmes la journée.

A quatre heures de nuit, nous nous remîmes en route, et
montant toujours insensiblement, nous arrivâmes au point du
jour au sommet d'une colline d'où nous dîmes adieu à la
plaine de Téhéran et aux nombreux villages que nous avions
traversés ; et commençant à descendre l'autre versant, nous
ne vîmes qu'une plaine inculte et sans villages, le désert enfin. A l'extrémité de la plaine, nous trouvâmes le village de
Khan-abad, où nous nous arrêtâmes, après onze heures de
marche. Le caravansérail était un enclos fermé, mais sans
bâtiment. Le soleil était encore piquant, et le vent nous in-

commoda beaucoup en nous couvrant de poussière et de la paille hachée que mangent les chevaux.

A minuit nous partîmes ; la nuit fut très-froide ; nous franchîmes de nombreux ravins, et nous fîmes halte, après huit heures de marche, au pied d'une chaîne de montagnes, au village de Kenchbeck. Il fallut encore bivouaquer, et le vent était froid. La caravane repartit au milieu de la nuit. Comme la route était sûre et que nous avions peu de chemin à faire, je la laissai et partis au jour. Nous entrâmes dans la montagne. Bientôt j'aperçus, pour la dernière fois, le pic de Demavend et la chaîne des monts Elbourg, dont les cimes, dans la direction de Recht et de Tauris, étaient blanchies par la neige. Nous retrouvâmes la caravane au village de Tchabmarin, situé à l'entrée d'une plaine entrecoupée de ravins, comme il s'en trouve toujours au pied des montagnes. Nous avions marché six heures. Ce bourg est très-grand, entouré de jardins, orné d'un château et de jolies maisons. Le lendemain, nous traversâmes cette plaine sinueuse et inculte dont j'ai parlé ; à l'extrémité de la plaine, à notre gauche, au pied des montagnes, nous apercevions des cultures et des villages. Après quatre heures de marche, nous arrêtâmes à Rahvéran, gros village groupé sur les deux versants d'une colline ; il fallut camper en plein air. Il y avait une petite pièce d'eau remplie de poissons sacrés : la superstition défend de les pêcher. Ils étaient cependant tous fort petits.

La marche devait être très-longue, on partit à huit heures du soir. Nous franchissons une suite de collines, semblables aux vagues de la mer quand un léger vent les soulève ; puis nous suivons un long plateau où le vent nous glaçait. Au lever du soleil, nous descendîmes dans la plaine ; tout le pays était inhabité ; il n'y avait pas un arbuste, rien que du sable. La plaine où nous entrions était comme nivelée à la herse, par le vent qu'il fait sur ces hauteurs ; nous y aperçûmes un village ; mais, descendant dans une plaine plus basse, nous allâmes jusqu'au village de Zara.

Nous avions marché douze heures par un froid piquant.

Au lever du soleil, nous avions aperçu devant nous le mont Alvend ; deux des sommets étaient couverts de neige. Il nous fallait encore deux marches pour arriver au pied de cette chaîne, où s'élève la ville d'Hamadan, l'ancienne Ecbatane. Après avoir traversé un long plateau inculte, nous trouvâmes une longue plaine couverte de cultures et de nombreux villages. Je tuai une demi-douzaine de marouettes, espèces d'étourneaux au noir plumage dont la chair est assez bonne. Après sept heures de marche, nous fîmes halte à Bibé-Khabat, où je trouvai un assez bon gîte. De ce village à Hamadan, la route n'est pas très-sûre, à cause du voisinage des Kurdes. Au milieu de la nuit, nous partîmes ; nous suivîmes longtemps la plaine, puis nous nous engageâmes dans la montagne. Après avoir beaucoup monté, une longue descente nous amena dans la plaine d'Hamadan, et le soleil levant éclaira l'Alvend au front blanchi et la ville d'Hamadan s'étendant à ses pieds avec sa riche ceinture de jardins. Nous marchâmes neuf heures. Nous arrivâmes à Hamadan, après soixante-cinq heures de marche, le huitième jour de notre départ de Téhéran.

Cette ville, qui occupe l'emplacement de l'ancienne Ecbatane, est fort étendue ; il y a trente familles arméniennes et plus de cinq cents familles juives. Je visitai, dans une chapelle, deux tombeaux couverts en bois sculpté, qu'on dit être les tombeaux antiques d'Esther et de Mardochée. Il ne reste rien de la superbe Ecbatane, ni de ce fameux palais dont la couverture était en tuiles d'argent : probablement la ville était bâtie en terre séchée au soleil, comme toutes les villes de la Perse. Seulement, le long des rives du torrent qui l'arrose, quand il a plu, la terre rejette un assez grand nombre de médailles d'or et d'argent ; ce sont les juifs qui font ce commerce ; on dit même qu'ils en fabriquent de fausses : aussi les médailles pleuvent à Hamadan ; on en a trouvé de fort belles ; il y en a beaucoup des Séleucides, et surtout des Arsacides. Le vin blanc d'Hamadan est renommé en Perse. Ne voulant rester que deux jours à Hamadan, je refusai la maison d'un Arménien et me logeai dans un caravansérail.

J'allai faire visite au gouverneur, un chahzadé (fils du schah),
le prince Khanlar-Mirza, pour qui j'avais une lettre du prince
Malek-Kassem-Mirza, le frère du roi : il me reçut dans le palais, qui est en ruines.

Le jeudi 6 novembre, à une heure du matin, je quittai
Hamadan avec une assez nombreuse caravane, car nous allions entrer dans le Kurdistan persan. Nous longeâmes les montagnes en remontant vers le nord ; puis, nous étant engagés
dans une chaîne peu élevée qui coupe la plaine, nous nous arrêtâmes, après huit jours de marche, à Amalcassi, gros village entouré de vignes, où je trouvai une bonne maison ; cela
fut fort heureux, car notre chalvadar nous fit rester deux jours
dans ce lieu pour attendre d'autres voyageurs. Ma seule distraction fut de chasser les marouettes. La chasse ne fut pas
mauvaise ; mais j'étais bien impatienté de ce retard. La population du village est kurde. Je fus témoin d'une noce au milieu
d'une cour remplie de monde ; un pâtre frappait sur un tambour, un autre enflait ses joues dans une espèce de musette,
et autour d'eux une troupe de jeunes filles sans voiles (les
femmes kurdes ne se voilent pas) dansaient en cercle, en se
tenant par la main, une danse fort curieuse, tantôt fort peu
animée, tantôt très-sautillante, selon l'excitation de la musique. Après venait le tour des garçons. Comme j'occupais
une maison entière avec mon bagage et mes gens, le chef du
village envoyait tous les soirs quatre ou cinq hommes armés
pour veiller à ma sûreté. Enfin nous repartîmes, et ayant
continué à gravir la montagne, nous arrivâmes au sommet
au point du jour ; nous descendîmes dans une plaine sans fin,
car elle se continue pendant près de trois jours, mais elle
est fort accidentée ; là commence le Kurdistan. Le village
qu'on trouve à l'entrée de cette plaine est le premier village
kurde. Du reste, peu de terres cultivées, point d'arbres, peu
d'eau, sol aride et capable d'une grande fertilité. Après
avoir laissé de côté plusieurs villages, nous arrivons à Gourbé.
Il fallut loger ensemble bêtes et gens dans une étable, comme
cela nous était arrivé dans le Kurdistan turc : nous en avions

donc l'habitude. Nous ne trouvâmes que du pain et des œufs, mais j'avais des provisions. — Marche de huit heures et demie. La colline qui s'étend derrière le village est toute de beau marbre blanc, et les maisons sont cependant toutes en terre ! Nous partîmes avant le jour ; la route n'est qu'une série monotone de ravins ; un épais brouillard nous glaçait ; je descendis souvent de cheval pour me réchauffer. Enfin nous arrivâmes à Dégoland, après huit heures de marche. J'étais gelé. Mais, comme partout, le feu se fait dans un grand trou au milieu de la chambre ; et quelle fumée !

La marche suivante nous gagnâmes les hautes montagnes qui ferment la plaine. Le jour vint au moment où nous nous y engagions. Mais quand nous approchâmes du sommet, le brouillard nous enveloppa et se fondit en pluie. Bientôt il nous fallut descendre, pendant plusieurs heures, par un étroit sentier entrecoupé de rochers. Enfin les montagnes s'écartèrent, et nous longeâmes de délicieux jardins arrosés par des sources abondantes d'une eau délicieuse ; la vigne et les jujubiers y abondent. Au loin, sur un versant opposé, nous aperçûmes la ville de Sinna. Nous descendions toujours ; nous traversions un lit de torrent large comme un fleuve. Il y avait alors peu d'eau, et nous n'eûmes pas besoin d'aller chercher le pont, qui est éloigné et bâti en pierres à plusieurs arches. Après avoir tourné une colline, la ville se présenta à peu de distance : elle s'étend à l'entour d'une colline élevée qui est occupée par le palais de Waly (gouverneur), dont les bâtiments, entremêlés d'arbres magnifiques, présentent un tableau qui est loin de la monotonie ordinaire des villes de la Perse. Mais je n'aurais pas dû y entrer ; comme il avait beaucoup plu le matin, je n'ai trouvé que des rues où mon cheval entrait dans la fange jusqu'à la poitrine. Nous avions marché dix heures et demie. D'Hamadan à Sinna, trente-cinq heures de marche. Ayant l'intention de rester plusieurs jours à Sinna, je me logeai dans la maison d'un chrétien du pays ; je m'installai dans une bonne chambre au soleil, et la maîtresse de la maison fut pleine d'attentions pour moi, ainsi que tous les chrétiens du quartier. La ville est entourée de quelques jardins et de plantations de vignes dont on fait de bon vin. De tous côtés, à peu de distance s'élèvent de hautes montagnes ; elles n'avaient pas encore de neige et le temps était fort doux. La population est persane ; il y a cent familles catholiques. Sinna est le chef-lieu d'une province. Il y a de grandes et belles maisons : le palais du gouverneur, une belle mosquée, une grande place et des bazars. On me conduisit à une noce, où le maître de la maison me reçut avec grands compliments. La cour était remplie de monde, ainsi que les terrasses ; dans la cour, des femmes dansaient, comme à Amalcassi ; mais dans le salon où se faisait la fête, je trouvai des danseuses de profession ; c'est une classe de femmes comme les almées d'Égypte, qui en font un métier. On fit danser pour moi la plus fameuse, avec l'accompagnement d'un orchestre persan. Cette femme n'était plus très-jeune, mais elle passe pour la première danseuse de la Perse ; elle se leva, et dans ce mouvement elle découvrit une partie du corps qui, dans leur intérieur, reste sans voile chez les femmes persanes. Elle se cambra, se ceignit les reins d'une ceinture, fit jouer des castagnettes de cuivre entre ses doigts et commença. Il ne faut établir aucune comparaison avec nos danseuses, qui font le télégraphe avec leurs jambes ; ma danseuse remuait bien les jambes, mais elle ne sautait pas : c'étaient des mouvements de certaines parties du corps, mouvements quelquefois gracieux qui suivaient la musique et s'animaient avec la mesure, exercice horriblement fatigant et un peu monotone. Enfin, comme elle avançait toujours fort lentement, elle arriva jusqu'à moi et se laissa tomber sur mes genoux toute haletante. Connaissant les usages, je lui collai sur le front une pièce d'or ; elle se releva, me baisa les mains avec respect, comme c'est l'usage en Orient, et dansa encore quelque temps sans que la pièce tombât. Plus tard, elle dansa avec les autres plusieurs espèces de danses et de tours de force et d'agilité fort estimés dans le pays, mais qui ressemblent trop aux exercices de nos acrobates dans les foires de province. Ne serez-vous pas étonné de voir que cette scène se passât dans une chambre pleine de musulmans? moi qui ai vu de près leur caractère fanatique à notre endroit, j'en étais plus que surpris. A Téhéran, comme dans toutes les villes de la **P**erse, il y avait de ces danseuses ; mais je savais que, même là, où il y a tant d'Européens, il y avait danger à les faire venir, et **M.** de Sartiges disait qu'il n'osait pas nous donner ce spectacle. Sinna est, je crois, le seul endroit de la Perse où cela se puisse faire. Ces danseuses, qu'on appelle Sosmaniés, ne peuvent habiter la ville : leur résidence est dans les villages voisins. On ne saurait dire si ces femmes étaient réellement jolies ; car tout leur visage est peint : leurs sourcils, leurs cheveux le sont aussi ; la paume de leurs mains et le dessous de leurs pieds, qui sont nus sur les tapis, sont teints en rouge ; leurs costumes sont fort riches et très-galants. En Turquie, il n'y a point de danseuses : ce sont toujours de jeunes garçons habillés en femmes. J'en ai vu danser à Baghdad ; c'est un plaisir assez insipide, les Turcs y prennent grand goût. Une soirée que je m'ennuyais fort, j'envoyai chercher des danseuses et des musiciens. Elles vinrent trois, entre autres ma fameuse danseuse ; et je me donnai l'*opéra*. Elles chantèrent et dansèrent toute la nuit. Couché sur un divan, je fumais et je regardais. Je fus musulman et pacha pendant quelques heures. Cette manière de se donner le spectacle de fort près et pour soi seul n'est pas sans charme ; mais, hélas! je restai toujours chrétien pour elles, à cause de la présence des musulmans (mes gens et les musiciens), et le ballet resta sans dénoûment! Je passai ainsi fort bien sept jours à Sinna. Je ne pus voir le waly, jeune gouverneur toujours entouré de danseuses et ne s'occupant guères des affaires.

Enfin, le 19 novembre, je quittai cet heureux pays où règne Terpsichore, et me dirigeant vers Solimanié, après quatre heures et demie de marche dans la montagne, j'atteignis le village de Douissa, où je rejoignis une nombreuse caravane, car j'allais entrer dans le Kurdistan turc. Partis de nuit, nous nous engageâmes dans les montagnes ; longtemps nous longeâmes des vallées resserrées ; nous eûmes deux montées fort rudes ; et du sommet nous aperçûmes devant nous plusieurs cimes neigeuses ; nous redescendîmes ensuite dans des vallées étroites et arrosées par des torrents. La terre était couverte d'une herbe nouvelle ; il y avait beaucoup de culture, et nous n'apercevions aucun village ; ils sont tous très-éloignés de la route. Nous rencontrions d'immenses troupeaux de moutons ; ils appartenaient aux Kurdes nomades qui, à l'approche de l'hiver, émigrent vers la Mésopotamie. Enfin, après neuf heures et demie de marche, nous nous arrêtâmes près d'un torrent, dans un lieu où s'arrêtent d'ordinaire les caravanes, car il n'y a aucun village. Nous campâmes. Le soleil était ardent ; mais quand la nuit vint, le vent fut très-froid. On fit un grand feu, je me couvris de mon manteau fourré de bokkara. Deux des chalvadars veillaient près du feu. Avant le jour je m'éveillai. J'étais couvert de gelée blanche ; nous partîmes avec un beau clair de lune. Nous continuâmes à suivre cette étroite vallée, qui bientôt s'élargit. Nous commençâmes à voir des arbres, et au jour nous nous mîmes à gravir une montagne presque inaccessible et couverte de bois. Arrivés au sommet, nous jouîmes d'une vue de montagnes fort étendue et fort accidentée. Toutes ces montagnes étaient boisées et formaient une immense forêt de chênes, forêt inexploitée où gisent et pourrissent les troncs morts de vieillesse, et ceux que le vent a renversés, et ceux que la foudre a frappés et incendiés. Après avoir longé quelque temps le plateau, nous nous engageâmes dans une descente fort raide et sans fin qui nous jeta dans un long défilé coupé par un torrent. Nous le suivîmes. Le soleil brillait et fondait la gelée, qui brillait encore à l'ombre. Le défilé tourna, la rivière devenait profonde ; nous vîmes les ruines d'un ancien pont magnifiquement construit. Nous passâmes à gué plus bas. Les rives du torrent étaient couvertes de vignes naturelles entrelacées aux arbres. Bientôt nous rencontrâmes des champs cultivés ; le défilé s'ouvrit en une large vallée et, tournant plusieurs collines, nous arrivâmes au village d'Assérabad. Il n'y a qu'une quinzaine de maisons. Elles sont bâties en claies et couvertes en roseaux ; ce sont de vraies cabanes. Il fallut camper dehors, car il n'y avait pas de caravansérail. Nous avions marché neuf heures. Nous partîmes peu avant le jour, et continuant à suivre la vallée, nous entrâmes après plusieurs détours, dans la grande plaine de Mérivan, dont la moitié est persane, et l'autre turque. Nous passâmes la frontière, que rien n'indique. Nous passâmes près d'un petit lac où sont les ruines de la ville romaine de Colombar, un de leurs postes avancés contre les Parthes. Cette plaine immense possède quelques villages. Les terres étaient cultivées. Tirant à gauche vers la montagne, nous gravîmes une colline élevée et descendîmes à Pinjouin, gros village situé dans le fond d'un entonnoir au pied des montagnes : nous avions marché huit heures. Nous trouvâmes le village en fête ; il y avait encore une noce. Je vis encore danser les femmes dévoilées ; plusieurs étaient d'une grande beauté ; le costume de ces femmes était digne de remarque. Comme les femmes antiques, elles étaient drapées dans un manteau rouge. Leur coiffure, formée de foulards jaunes et rouges, était surchargée de pièces d'argent fort lourdes enlacées ensemble en chapelet. Elles en avaient deux et trois rangs, et quand elles sautaient, cela faisait un bruit argentin fort original. Le mauvais temps nous força de rester deux jours à Pinjouin. Nous nous remîmes en route de bonne heure, nous redescendîmes dans la plaine pour remonter dans la montagne. Nous arrivâmes au jour à une rivière très-profonde, que nous passâmes sur un pont formé de branchages, et nous entrâmes dans une espèce de forêt vierge ; les vignes, les figuiers sauvages mêlés à des lianes, rendaient impraticable l'approche d'un torrent encombré de troncs d'arbres en train de pourrir et de rochers descendus avec eux des montagnes, couvertes de bois magnifiques. Du sommet de la montagne nous aperçûmes au loin une immense plaine

entourée de montagnes, mais ouverte du côté de la Mésopotamie ; c'est la plaine de Charazur. Après une longue descente, nous trouvâmes un village près d'un torrent bordé de
lauriers et de figuiers ; là cessent les forêts ; les champs com-
mencent. Après avoir franchi plusieurs collines en descendant
toujours et avoir vu des cultures de coton, nous fîmes halte
au village de Charby, qu'arrose le même torrent. Les montagnes ne sont plus qu'un roc dépouillé de terres végétales.
Nous avions marché huit heures. Cette fois encore il fallut
coucher à la belle étoile, et quand je sortis de dessous mon
manteau pour nous remettre en route, le vent était glacial.
Après avoir longtemps descendu dans un terrain pierreux fort
inégal et avec un pâle clair de lune, nous débouchâmes dans
la plaine et nous nous dirigeâmes à droite. Cette plaine immense est un long parallélogramme ouvert du côté de la Mésopotamie, fermé de droite et de gauche par une muraille de
montagnes, et par derrière par un mur encore plus élevé,
puisqu'il était alors couvert de neige. Cette plaine est cultivée en partie et contient de nombreux villages. Nous nous
arrêtâmes à Arbet, après sept heures de marche. Nous trouvâmes un caravansérail. Ce village occupe l'emplacement
d'une ancienne ville dont on voit les débris ; une grande colline factice renferme probablement le reste d'un monument ;
on aperçoit dans la plaine plusieurs de ces collines factices.
Continuant à suivre la plaine, nous marchions depuis quatre
heures, quand tout à coup, en arrivant au sommet d'une colline, nous apercevons devant nous, dans un terrain plus bas
et à peu de distance, la ville de Solimanié. Cette ville n'a pas
de murs, ni de grands monuments ; peu de maisons ont un
étage supérieur : aussi n'est-ce qu'un très-grand village ; elle
n'a pas d'autre apparence. Elle a été bâtie, il y soixante
ans, par Soliman-Pacha de Baghdad. De Sinna à Solimanié,
cinquante heures. Sept journées de marche. A Solimanié,
j'étais descendu dans un caravansérail ; je savais qu'il y avait
en ville un médecin européen attaché au pacha, et j'allai le
voir. Je le trouvai malade depuis un mois ; néanmoins il vou-

lut absolument que je vinsse demeurer chez lui, assurant que cette compagnie le guérirait mieux que les remèdes. C'est un Piémontais nommé Artoin, fort bon garçon, grand causeur ; mais il connaissait si peu la médecine qu'il était fort embarrassé pour se guérir des suites d'une indigestion négligée, et qu'il fallut que ce fût moi qui lui prescrivisse les remèdes, moi qui n'ai jamais mis le nez dans un livre de médecine. Il me donna des détails intéressants sur une grande révolution qui s'était faite à Solimanié trois mois avant, et dont on avait vaguement parlé à Téhéran. Les pachas de Solimanié sont pris depuis longtemps dans la même famille, qui est fort ancienne ; c'est le pacha de Baghdad qui les nomme. Achmet-Pacha a été appelé à ce gouvernement par Nedjib-Pacha de Baghdad : ce vizir, homme d'une avidité insatiable, exigeait chaque année des sommes plus considérables ; le pays était ruiné : on avait beau le pressurer, il n'en sortait plus d'argent. Achmet-Pacha s'était préparé depuis longtemps à se mettre en état de se soustraire à de telles exigences. Tout l'argent que Nedjib-Pacha ne lui arrachait pas, il l'employa à former des troupes, à les habiller à l'européenne, à faire venir des armes et quelques canons. Officiers et soldats étaient grandement payés. Il avait trois à quatre mille hommes d'infanterie et de cavalerie ; il était assuré, en cas de succès, que les beys de Djésireh et de Ravenduz, partie considérable du Kurdistan, se mettraient aussi en pleine révolte ; avec leur secours il marchait sur Baghdad, où il n'y a pas plus de quatre mille hommes, prenait Baghdad, gardait le pacha prisonnier, et de là faisait sa paix avec la Porte, avant que les troupes d'Alep, de Diarbékir et de Mossoul vinssent l'attaquer : tels étaient ses projets, ses espérances. Quand il se crut assez fort, et poussé dans ses derniers retranchements par le pacha, qui voulait lui retirer une partie de sa province pour en donner le gouvernement à un autre, il offrit encore des sommes considérables ; mais le pacha, persistant à lui demander beaucoup plus qu'il ne pouvait donner, Achmet-Pacha se mit en marche avec son armée pour aller défendre le pays qu'on voulait lui enlever. Nedjib-Pacha, persuadé que Achmet souscrirait à ces conditions et que tout finirait sans guerre en payant, s'avança, accompagné seulement des gens de sa maison et d'une petite escorte de soldats ; il n'avait pas trois cents hommes, et fit dresser ses tentes vis-à-vis du camp ennemi. Il n'avait pas de canons, il attendait des troupes de Mossoul ; il commença à parlementer ; mais l'autre faisait tirer le canon sur les tentes du vizir, et ses Kurdes allaient le piller. Il se préparait à aller attaquer le lendemain la petite troupe du vizir, plein d'assurance dans le nombre de ses soldats et dans leur fidélité. Mais il avait affaire à des Kurdes. On apprit que les troupes de Mossoul approchaient, et le soir même, soit peur, soit que le vizir eût fait répandre de l'argent pour les corrompre, tous les soldats abandonnèrent le camp et se retirèrent vers Solimanié. Ni menaces, ni promesses, ni l'or et les présents, rien ne put les retenir. Achmet, au désespoir, restait anéanti au milieu de son camp abandonné. Il fallut que quelques amis le missent à cheval et l'entraînassent sur le territoire persan, où il se réfugia avec le reste de ses trésors. Les soldats kurdes, dans leur retraite, pillèrent et égorgèrent tous ceux qu'ils rencontrèrent et qui avaient été attachés, comme eux, à l'armée d'Achmet. Mon hôte, qui me racontait cette comédie dramatique, et qui était le médecin et le confident du pacha, fut informé de cette retraite, quand le pacha avait déjà pris la fuite ; il sauta à cheval et s'enfuit vers Solimanié. Un Kurde, qui le poursuivit, lui enleva d'un coup de sa longue lance son fez de dessus la tête, qu'il effleura ; des soldats qu'il rencontra tirèrent sur lui ; poursuivi de près par des cavaliers de l'armée, il traversa une rivière à la nage ; il tomba de son cheval, sous une grêle de balles. Il rencontra un négociant de la ville, et ils marchèrent ensemble ; mais celui-ci, obligé de descendre de cheval, fut aussitôt entouré par les soldats, devenus brigands, qui lui coupèrent la tête et le dépouillèrent. Le docteur ne dut son salut qu'à la bonté de son cheval et à la mauvaise qualité de la poudre de ses ennemis. Après vingt-quatre heures d'une course semblable presque toujours au galop, sans avoir rien bu ni mangé, sans être descendu de cheval, il arriva de nuit devant Solimanié. Comme la ville était déjà remplie de pillards, chacun gardait sa maison ; il s'approcha de la sienne, on lui répondit par un coup de fusil, un grand vent empêchant qu'il ne pût se faire entendre. Pour plus de sûreté, il alla passer la nuit dans la montagne et revint au jour : il se fit reconnaître, et se barricada dans sa maison. Peudant une semaine, les brigands furent maîtres de la ville ; bien des gens furent assassinés et bien des maisons pillées. Enfin, on apprit que le vizir avait nommé pacha un frère d'Achmet, Abdallab, qui attendait depuis longtemps à Baghdad que ce jour vînt pour lui. C'est de tradition, paraît-il, dans la famille : ils intriguent sans cesse pour avoir la succession des uns des autres, ausi changent-ils souvent. Abdallab-Pacha arriva avec des troupes de Mossoul, rétablit l'ordre ; les soldats de l'ancien pacha, après avoir bien pillé, revinrent sous les drapeaux ; ils ne furent pas punis, et ce sont les mêmes que je voyais dans les murs de Solimanié. Le nouveau pacha se livra plus que jamais à de nombreuses exactions pour satisfaire le vizir. J'avais vu Abdallah-Pacha à Baghdad ; il était mon *voisin* au grand dîner qu'avait donné le baron de Weymars au fils de Nedjib-Pacha ; je ne le trouvai pas à Solimanié. Il était allé à Baghdad porter au pacha le prix de son élévation : telle est l'histoire d'une révolution dans le Kurdistan. On dit que lorsque les troupes d'Achmet abandonnèrent le camp, la petite suite du vizir était prête à en faire autant au premier coup de fusil. Le vizir rit beaucoup dans sa barbe quand il entra dans le camp abandonné, et se mit en possession des tentes et des canons de son adversaire ; il venait de sortir d'un mauvais pas. Pendant quelque temps toutes les routes furent infestées de voleurs ; quand j'y passai, trois mois après, le pays était assez sûr ; notre caravane était nombreuse, et on veillait. En quelques heures, le malfaiteur poursuivi se réfugie sur le territoire persan, et réciproquement.

Actuellement Achmet-Pacha, réfugié dans la province de Sinna, envoie de riches présents à la cour de Perse pour l'intéresser en sa faveur et obtenir sa réinstallation par son influence auprès de la Porte ou par la force, comme les Persans l'ont déjà fait à Solimanié. J'appris un bon tour du schah : sur le bruit répandu de sa mort, il paraît que les gouverneurs d'Hamadan et de Sinna avaient déjà formé quelques intrigues. Le roi l'ayant su, leur fit écrire que, puisque le roi était mort, ils eussent à envoyer, comme c'est l'usage, une somme pour ses funérailles. Ils ont dû payer. Je passai trois jours à Solimanié, et ayant trouvé des chevaux pour Kerkouk, je partis le 30 novembre, fort tard, pour rejoindre une caravane partie le matin. Nous nous dirigeâmes vers la Mésopotamie, en suivant toujours la plaine entrecoupée de ravins ; et, après deux heures de marche, nous nous arrêtâmes au village de Keliessan, la nuit étant proche. J'étais désespéré, je craignais d'être obligé de retourner à Solimanié et d'attendre une autre caravane, car les chevaux que j'avais loués étaient trop faibles et mes bagages fort lourds. Nous suivîmes encore longtemps la plaine ; puis, nous dirigeant à gauche, nous franchîmes la muraille immense qui ferme la plaine de ce côté, et nous descendîmes dans une longue vallée habitée par les tentes des nomades, et alors abandonnée. Tout au fond, au pied des montagnes, nous apercevions un grand village : mais le laissant à droite, nous traversâmes un torrent à gué et nous dirigeâmes vers le village de Dergazin, qui est aussi au pied des montagnes. Nous avions marché dix heures. Là, nous retrouvâmes la caravane ; elle nous était nécessaire, car la route jusqu'à Kerkouk est peu sûre, à cause des nomades. Nous nous logeâmes dans un caravansérail. La grande vallée où nous étions débouche dans une autre plus étroite. Nous y trouvâmes deux grands campements de Kurdes. Leurs tentes sont noires comme celles des Arabes ; mais elles étaient très-grandes et très-élevées, tandis que celles des Arabes sont basses et petites ; des nattes de jonc en forment les côtés. Les montagnes se resserrent et forment un défilé d'où nous débouchâmes dans une grande plaine. Une muraille dont il reste les ruines défendait ce passage, qui est la clé de tout le Kurdistan. Ce lieu est naturellement fort. Je remarquai les ruines d'une ville qui servait probablement de forteresse avancée; d'après un reste d'édifice, ce devait être une ville peu ancienne et musulmane. La plaine où nous entrions était unie en apparence, mais elle était fort accidentée; elle forme comme deux versants parallèles et est entrecoupée de collines, de profonds ravins; mais toutes ces collines ont été nivelées par les eaux, ce qui lui donne l'apparence d'une plaine unie. Dans le fond des ravins, nous apercevions des troupeaux, des chevaux en liberté et des tentes cachées avec soin, et qu'on ne découvre que par hasard, passages bien fatals aux voyageurs isolés, quelquefois même aux caravanes. Ces Kurdes nomades sont pillards comme les Arabes, mais plus méchants. Cette plaine, par son aridité et sa solitude, semblait déjà le désert. Nous arrivâmes enfin, après huit heures de marche, au village de Bénat, le seul de la plaine. Nous montâmes constamment, jusqu'à ce que nous eussions atteint le sommet de la chaîne qui retient ce long plateau. Toutes les collines et les montagnes de ce côté, entourées et dépouillées par les eaux dans leur lutte violente, ont pris la forme d'un pain de sucre. Tout ce pays a été enseveli par les eaux, qui se sont précipitées des montagnes vers la mer en nivelant la Mésopotamie, après le déluge. Du sommet de cette chaîne, j'embrassai la plus belle vue du monde; à mes pieds, une confusion extraordinaire de collines conifères : on eût dit les vagues de la mer; puis une plaine sans fin et semblable à une mer dans le temps calme. Je me figurais apercevoir au loin, bien loin, se confondant avec le ciel, dans la vapeur de l'éloignement, les forêts de palmiers de Baghdad. J'admirai longtemps cette immensité : c'était le désert et sa solitude. Nous descendîmes, pendant l'autre moitié de la marche, au milieu de tous ces ravins que je venais de dominer. Après avoir gravi une colline, nous aperçûmes devant nous la ville de Kerkouk; son château élevé, ses nombreux minarets et ses coupoles, ses palmiers jetés çà et là, et les jardins qui l'entourent. La vue des palmiers me réjouit fort ; nous entrions dans une autre contrée ; nous laissions l'hiver derrière nous ; ils me rappelaient un beau ciel, un printemps pendant l'hiver, et surtout Baghdad. Après dix heures de marche nous entrâmes dans Kerkouk, après avoir traversé ses champs des morts avec leurs tombeaux de marbre épars sur le versant des deux collines. De Solimanié à Kerkouk, trente heures, quatre jours de marche. Au soleil couchant, je vis passer des myriades d'oiseaux qui, divisés en longues bandes, descendaient vers Baghdad ; comme moi ils fuyaient l'hiver. Kerkouk est une jolie petite ville ; ses rues et ses bazars, avec leur population si bigarrée et les costumes si variés et si riches de couleur, font un contraste frappant avec les villes persanes, avec la monotonie du vêtement et l'éternel koula noir ; à présent, les riches turbans, les étoffes brillantes, les broderies. Je retrouvais les Arabes avec leur kéfi jaune et rouge, leur corde de chameau et leur longue robe de laine blanche. La tradition y place le tombeau de Daniel ; mais où le trouver ? Le vin de Kerkouk a une renommée à Baghdad. Je fis chercher une caravane pour Mossoul ; on me répondit qu'il en était parti une la veille, et qu'il n'en partirait plus avant cinq jours au moins ; mais une caravane partait le lendemain pour Baghdad, et elle était nombreuse. J'appris que je n'avais qu'un jour de marche de plus pour aller à Baghdad, que j'irais en sept jours ; attendre cinq jours à Kerkouk la caravane de Mossoul, quel supplice ! Mais si je vais à Baghdad, il faut remonter ensuite à Mossoul, c'est dix jours de plus, sans compter le temps que je passerai à Baghdad ; d'un autre côté, mes deux domestiques devaient me quitter à Mossoul, et je serai embarrassé pour les remplacer ; tandis qu'à Baghdad, je trouverai encore des gens qui entendent le persan ; l'espérance de pouvoir peut-être me rendre directement à Damas sans remonter à Alep, ce qui me ferait gagner du temps : tous ces motifs réunis me décidèrent à suivre la caravane qui partait la nuit suivante pour Baghdad ! Ses jardins, ses forêts de palmiers m'attiraient, comme le mirage attire le voyageur.

5 DÉCEMBRE 1845. — A quatre heures du matin je quittai Kerkouk et pris la route de Baghdad. Nous nous engageâmes dans le désert, qui commence à la porte de la ville, et après neuf heures et demie de marche, nous trouvâmes la caravane à Taouk. C'était une vraie caravane ; il y avait cent bêtes de somme et grand nombre de voyageurs. La marche suivante fut de huit heures et demie ; nous campâmes en plein air devant le village Yendijek ; là, nous fîmes provision de fourrages, car nous avions deux couchées à faire sans trouver de villages. La première se fit auprès d'un caravansérail ruiné, dans la chaîne des monts Hamerin, que nous franchîmes ; la seconde, auprès d'un petit étang sur une colline factice entourée de plusieurs autres, et sur toutes on trouve des fragments de briques et de poteries qui indiquent une ville ancienne. Le premier jour nous marchâmes huit heures et demie, le second, neuf heures. On veillait avec grande vigilance, car ce passage est très-redouté. Les nuits étaient très-froides, et je me réveillai couvert de gelée blanche. Le jour cependant on pouvait à peine supporter le soleil. Après une marche de nuit fort longue et pendant laquelle j'étais glacé par un épais brouillard, nous aperçûmes au soleil levant des jardins de palmiers, et nous arrivâmes au joli village de Témidja, caché dans ces jardins. Nous avions marché dix heures. Cette vue nous fit grand plaisir. Le lendemain, après avoir dépassé plusieurs autres jardins de palmiers dont ce pays est parsemé, nous arrivâmes au bord du Tigre. La vue de ce fleuve me rappelait mon voyage de kellek de l'année précédente ! Traversant une forêt de palmiers qui s'étend sur ses bords, nous nous arrêtâmes à Kalessad, après cinq heures et demie de marche ; de là jusqu'aux environs de Baghdad il n'y a plus de palmiers, mais on suit le cours du fleuve. Nous partîmes à minuit par un beau clair de lune ; plus tard un grand brouillard glacial s'éleva ; mais au lever du soleil il se dissipa, et nous aperçûmes devant nous les jardins de Baghdad. Je me dirigeai vers la magnifique mosquée d'Iman-

Azem, bâtie au milieu des jardins, et dont la coupole en por-
celaine peinte brillait au-dessus des palmiers les plus hauts.
Auprès est un village ; je m'arrêtai au pied d'un arbre et
laissai la caravane continuer vers la ville. Cette marche est
de huit heures. De là j'envoyai mon domestique persan en
ville avec une lettre pour le baron Loëve-Weymars, le priant
de me faire retenir un logement en ville. Il me répondit en
m'offrant sa maison, et m'envoya un de ses cavas. Je montai
à cheval, et traversant la foule des promeneurs, j'entrai dans
la ville, comme j'y étais entré par le fleuve, un an avant.
C'était le 12 décembre, après une absence de huit mois. Je
revis Baghdad avec le plus grand plaisir : c'était le même
mouvement, la même population, mêlée de riches costumes
aux éclatantes couleurs ; ses immenses bazars couverts, les
belles coupoles de ses mosquées, son beau fleuve, et ses jardins, semblables au plus beau rêve d'Orient. Notre consul
général me fit le plus gracieux accueil, et son hospitalité a
été aussi charmante que l'année dernière. Je suis logé dans
une délicieuse chambre ornée de peintures et de dessins en
glaces ; un boudoir de reine, avec le soleil et la vue du fleuve.
De Kerkouk à Baghdad, soixante heures, sept jours.

La voilà donc accomplie, la partie la plus longue et la plus
difficile de ce voyage, qui vous aura tant effrayé ! J'ai été un
mois et demi en route ; il ne m'est arrivé aucun accident. Je
suis très-content de mon domestique persan de Baghdad, et
je suis fâché qu'il ne veuille pas venir jusqu'à Beyrouth ;
l'autre n'est bon qu'à exécuter ses ordres, c'est son domestique, comme c'est l'usage en Perse. Il ne m'est jamais arrivé
de manquer de rien, parce que maintenant je ne marche plus
sans mes provisions ; j'ai toujours du pain, du riz, des dattes
et du café, et du beurre salé pour le pilau, qu'on me fait ex-
cellent. Quand on trouve du lait, des œufs, de la viande, c'est
bien ; mais je puis m'en passer. Le pain et la viande sont
très-rares, ainsi que le lait. Dans les villes, j'ai trouvé de
bon kébab (rôti) et du vin. Dans les marches de nuit, je
marche beaucoup à pied, pour n'avoir pas froid ; j'ai marché

tous les jours de deux à trois heures, j'ai donc fait à pied presque le tiers de toute cette route.

Le Kurdistan persan est plus facile à traverser que le Kurdistan turc ; les habitants n'ont pas cette fière mine et ce riche costume des Kurdes d'Arménie ; ils sont moins indépendants, plus habitués à voir et à souffrir des étrangers, moins turbulents, moins méchants, moins fanatiques, mais aussi enclins au pillage quand l'occasion se présente.

Je compte quitter Baghdad de suite après le jour de l'an, pour gagner Alep par Mossoul, route fort longue, mais la plus sûre. Si on pouvait traverser le désert et aller directement à Damas, ce serait bien plus court ; mais il y a les Arabes Bédouins qui ne permettent pas qu'on traverse leur désert : il faut donc en faire le tour. Nous arriverons enfin, inchallah ! à la côte de Syrie ; c'est alors la Méditerranée, une mer française, presque la patrie !

Paris. — Imp. W. REMQUET, GOUPY et Cie, 5, rue Garancière.